Slottet Whiskerwood

Ett Interaktivt Äventyr

Skriven av Hampus Blom

Innehållsförteckning

Regler

Karaktärer

1

2

3

4

Slut

Tack

Introduktion

Castle Whiskerwoods utspelar sig i ett förtrollande och mystiskt land, där skuggorna från det förflutna fortfarande finns kvar och gammal magi flyter genom nuet. En gång ett rike fullt av liv och grönska, Whiskerwoods har blivit en mörk och hotfull plats, hemsökt av glömda förbannelser. I dess mitt står ett slott, med sina spiror och torn övergivna och dystra, kastande en mörk skugga över den en gång så livfulla skogen.

Du, en modig äventyrare utvald av ödet, kallas för att avslöja de hemligheter som gömmer sig inom detta kusliga slott. När du går in i slottet kommer varje beslut du tar att forma din resa, oavsett om du löser mörka mysterier eller faller offer för de ondskefulla krafter som lurar i skuggorna.

Under ditt äventyr kommer du att möta en rad utmaningar som kommer att pröva din vilja och finess. I denna värld kan dina val leda till både triumf och tragedi.

Kommer du att bli hjälten som detta land så desperat behöver?

Förbered dig på en resa som kommer att sätta dina gränser på prov, utmana ditt förnuft och mod, och göra varje beslut till en fråga om liv eller död. Världen är full av mysterier, och det är upp till dig att avslöja dem. Stig in i Whiskerwoods och låt äventyret börja.

Rekommenderad Åldersgräns:
12+ (Mellanstadiet till Ungdom): Boken innehåller inslag av spänning, mörka teman och mild skräck som kan vara intensiva för yngre läsare men passar för de som är 12 år eller äldre.

Innehållsvarningar:
- Övernaturliga Teman: Boken inkluderar inslag av mörk magi, hemsökta slott och varelser som vampyrer, vilket kan vara störande för känsliga läsare.

- Våld: Det finns scener där karaktärer (katter) är i fara, inklusive en situation där en katt möter sitt öde efter att ha blivit lurad av en gargoyle.

-Död: Berättelsen involverar en karaktärs död, vilket kan vara känslomässigt utmanande för vissa läsare.

Hur man spelar

Hej! Jag är så glad att du har hittat den här boken och är redo att dyka in i äventyret. Det finns flera sätt att använda boken, gör det du tycker är lättast.

Alternativ 1: Välj Ditt Eget Äventyr (CYOA)
Läs sidorna och när du når slutet av varje avsnitt, välj vart du vill gå härnäst. Fortsätt på det sättet tills du når slutet. Grattis, du har slutfört ditt äventyr!

Alternativ 2: CYOA RPG Stil
I det här alternativet behöver du hålla koll på din katts egenskaper för att kunna fortsätta berättelsen. Vissa utmaningar kräver att din katt har en viss nivå eller specifika egenskaper för att övervinna hinder.

Statcheckar: Andra vägar presenterar utmaningar som kallas statcheckar. Här kommer din katts egenskaper att spela in. Om din katts egenskap möter eller överstiger det krävs värdet lyckas du. Om inte, misslyckas du.

Alternativ 3: Läs det som en vanlig berättelse.

Kattens Erfarenhet (Skills)
Varje katt har unika egenskaper som kan hjälpa dem på deras resa, eller hindra dem om deras färdigheter inte är tillräckligt höga.

Så här fungerar de:
- Stealth (St): Hur tyst din katt kan röra sig och gömma sig.
- Agility (Ag): Din katts snabbhet och reflexer.
- Perception (Prc): Hur bra din katt märker detaljer och känner fara.
- Intelligence (Int): Kattens intelligens och problemlösningsförmåga.
- Stamina (Sta): Hur mycket energi eller ork din katt har för att fortsätta.
- Luck (Lck): Hur tursam eller hur mycket ödet hjälper katten.

Börja Ditt Äventyr

Innan du börjar, välj din katt och skriv ner eller kom ihåg dess egenskaper. När du fortsätter genom berättelsen, var noga med att hålla koll på de val och utmaningar som dyker upp. Utfallet av ditt äventyr beror på dina beslut och din katts egenskaper.

Och kom ihåg, du kan alltid gå tillbaka och börja om från början.

Och framför allt, ha kul!

Intro: Whiskerwoodrådet

I en skog så gammal att den bar på många hemligheter, fanns en solig glänta där skogens djur samlades på viktiga dagar.

Den här gläntan hade varit platsen för många ivriga debatter bland skogens invånare, som om de skulle förklara krig mot de irriterande ekorrarna eller vem som skulle samla flest nötter i höst.

Den här särskilda dagen var luften fylld med en ovanlig aktivitet. Ekorren rusade genom lövverket, deras svansar fladdrande av hast, medan fåglar, som vanligtvis förde med sig glädjesång, nu kvittrade i dämpade toner. Till och med katterna, som ofta är ensamma varelser, satt i en tät ring, med svansarna lindade runt sina tassar, deras ögon reflekterade allvaret i situationen.

Anledningen till deras samling var slottet som stod vid skogens kant. En gång en storslagen byggnad med spiror och torn, men nu en mörk silhuett, vars skuggor verkade suga livet ur jorden omkring den.

De livliga blommorna och den frodiga växtligheten som en gång omgav dess stora stenmurarna bleknade och vissnade, som om ett mörkt slöja hade lagts över dem.

När solen sänkte sig mot horisonten, kunde inte samlingen längre skjuta upp sitt beslut. Det var den äldste av katterna, en grå hårad Maine Coon vid namn Gry, vars röst lät som prasslet av torra löv, som till slut talade.

"Låt himlarna bestämma vem som ska gå för att undersöka," förklarade han, och föreslog att ödet, vägled av stjärnorna, skulle välja. Uppdraget var farligt, och ingen ville frivilligt ta på sig det.

Så, under skogens vaksamma ögon, lades deras öden ut till vinden. De väntade på att natthimlen och månen skulle avslöja vem som skulle bli vald att ge sig in i det mörka hjärtat av slottet.

Välj din karaktär från alternativen på de följande sidorna. Alternativt, om du vill låta "himlarna" bestämma, använd en tarotlek och dra ett kort från Stora Arkanan (Big Arcana). Katten som representeras av det kortet kommer att vägleda din resa genom vuppdraget och utforskningen av slottet.

Scottish Fold

Scottish Fold-katter är kända för sina karakteristiska vikta öron och sin milda, lugna natur. De är kärleksfulla katter med eftertänksamma och lugna personligheter. Även om de kanske är mindre smidiga än vissa andra raser, kompenserar de för det med intelligens och tur.

Stjärntecken: "Måttlighet" speglar deras balanserade och tålmodiga natur, vilket gör att de kan hantera livets utmaningar med elegans.

"Tornet" symboliserar de oväntade händelser som kan störa deras annars lugna liv, och betonar deras anpassningsförmåga i möten med förändringar.

St	Ag	Prc	Int	Sta	Lck
4	5	6	7	5	6

Sandkat

Sandkatter är små, ökenlevande katter med ljus, sandfärgad päls och stora öron. Ensamma och sluga, är de skickliga jägare, anpassade till den hårda ökenmiljön. Deras smidighet och skarpa sinnen gör dem exceptionella på smygande och överlevnad, med utmärkt kamouflage för att röra sig ljudlöst över sandiga terränger.

Eremiten symboliserar deras ensamma natur och förkärlek för att resa, vilket återspeglar den visdom de får genom introspektion.

Solen representerar deras motståndskraft och förmåga att blomstra under umanande förhållanden.

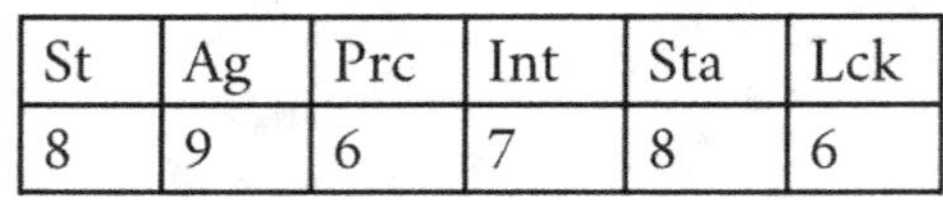

St	Ag	Prc	Int	Sta	Lck
8	9	6	7	8	6

Egyptian Mau

Egyptian Mau-katter är medelstora med fläckiga pälsar och slående gröna ögon. De är smidiga, atletiska och lojala följeslagare. Med sina jaktinstinkter och snabba rörelser är de mycket uppmärksamma och alltid alerta på sin omgivning.

Stjärntecken: Vagnen symboliserar Maukattens beslutsamhet och snabba rörelser, vilket speglar deras smidiga och atletiska natur.

Djävulen representerar list, jaktinstinkter och jakten på spänning, vilket visar deras skicklighet som jägare och förmåga att övervinna utmaningar.

St	Ag	Prc	Int	Sta	Lck
9	9	8	6	7	7

Birman

Denna ras är känd för sina slående blå ögon, silkes aktiga och långa päls med dess distinkta färg. Birman utmärker sig i situationer som kräver visdom och insikt tack vare deras uppfattande och eftertänksamma natur.

Prästinnan återspeglar deras intuitiva natur och djupa förståelse för omgivningen.

De Älskande symboliserar deras kärleksfulla relationer med familjen, vilket visar deras hängivenhet och starka band.

St	Ag	Prc	Int	Sta	Lck
5	4	7	8	6	5

Norsk Skogskatt

Norska skogkatter är stora, robusta katter med tjock päls och buskiga svansar. Kända för sin smidighet och lojalitet, är de utmärkta jägare och hängivna.

Stjärntecken: Kejsarinnan återspeglar deras vårdande och beskyddande natur, och betonar deras starka band med familjen.

Domen symboliserar deras förmåga att bedöma situationer klokt, och lyfter fram deras motståndskraft och beslutsamhet att övervinna livets utmaningar.

St	Ag	Prc	Int	Sta	Lck
6	8	7	6	9	6

Abyssin

Abyssiniankatter är energiska, intelligenta katter med kort, "fläckig" päls. Lekfulla och fulla av liv, är de alltid på språng.

Deras oändliga energi och skarpa intellekt gör dem till utmärkta problemlösare. De trivs med att utforska och äventyra, och söker ständigt nya upplevelser.

Stjärntecken: Narren representerar deras äventyrliga anda och kärlek till utforskning, vilket reflekterar deras energiska natur.

Månen symboliserar deras intuitiva och mystiska egenskaper, och framhäver deras nyfikenhet och självförtroende i att navigera det okända.

St	Ag	Prc	Int	Sta	Lck
5	9	8	8	6	6

Siamese

Siameskatter har smala kroppar, slående blå ögon och tydliga färgmarkeringar. De är pratsamma och tillgivna, och skapar starka familjeband.

Intelligenta, smidiga och uppmärksamma, är siameskatter duktiga på att lösa problem och anpassa sig till olika miljöer.

Stjärntecken: Magikern representerar deras intelligens, anpassningsförmåga och skicklighet i att hantera olika situationer.

Stjärnan symboliserar deras inspirerande och kommunikativa natur, och framhäver deras förmåga att engagera andra och lysa starkt.

St	Ag	Prc	Int	Sta	Lck
7	8	6	9	5	6

Ocelot

Oceloter är medelstora vilda katter med vackert mönstrade pälsar och distinkta fläckar. Deras skarpa sinnen och snabba rörelser gör dem grymma på att smyga och vara smidiga, vilket låter dem upptäcka även de minsta störningarna.

Stjärntecken:
Den Hängde Mannen visar hur de kan se situationer från olika vinklar och anpassa sig till vad som helst.

Hierofanten symboliserar deras intelligens och visdom, vilket belyser deras kloka sätt att hantera livets utmaningar.

St	Ag	Prc	Int	Sta	Lck
8	9	8	6	7	7

0.Standing before the Red-Moon castle, Deliberation

Under skymningens himmel kastade det gamla slottet en lång, hotfull skugga över landet.

Dess höga torn och sönderfallna murar viskade berättelser om mystik och mörka hemligheter. Vid kanten av denna oroliga silhuett stod en liten men modig figur: en katt med ögon som glittrade av nyfikenhet och intelligens.

Katten gick fram och tillbaka, med svansen dansande i tänkande precision. Den förstod allvaret i uppdraget; skogens varelser hade valt den för att utforska källan till den mörka dimman som sipprade från slottets hjärta, vilket förgiftade landet och fick blommorna att vissna.

Den övervägde sina alternativ: en direkt väg genom den hotfulla huvudingången, en mer hemlighetsfull rutt, eller den gamla avloppet som sades finnas under slottets grund.

Val:
Gå igenom huvudporten.
Gå till sida 13

Klättra upp i det närliggande tornet för en bättre vy.
Gå till sida 14

Hitta öppning till kloakerna och sök en mer diskret väg in.
Gå till sida 15

1a. The Front Entrance is the best entrance.

Under skymningens sista ljus kastade det gamla slottet en lång, olycksbådande skugga över landskapet. Dess höga, krackelerade torn reste sig mot den brinnande himlen, medan de sönderfallna murarna bar med sig viskningar om uråldrig mystik och dunkla hemligheter. Vid kanten av denna dystra silhuett stod en ensam, beslutsam gestalt: en katt med ögon som glittrade av nyfikenhet och sylvass intelligens.

Katten vandrade fram och tillbaka, svansen svepte i rytmisk precision som om den vägde varje möjlig utgång. Uppdragets allvar låg tungt över dess små axlar; skogens varelser hade utsett just denna katt för att söka upp och konfrontera källan till den mörka dimman. Dimman hade börjat sprida sitt gift genom landet, förgiftat marken, vissnat blommorna och stulit livskraften från allt som levde.

Väl inne fann sig katten i en enorm, tyst korridor. Dammiga stråk fyllde luften, och spindelväv hängde som trasiga gardiner från takets höjd. Atmosfären var tung och instängd, fylld av en kvävande lukt av förruttnelse. Väggarna verkade själva andas, fyllda av ekon och viskningar från en tid sedan länge förbi.

Kattens tassar rörde sig ljudlöst över de spruckna stengolven, varje rörelse präglad av försiktighet. Dess öron vreds vid varje svagt knäppande, och dess morrhår vibrerade i takt med den kvävande spänningen i luften. Här fanns en glimt av svunnen storhet, men övergivenheten låg som ett tungt täcke över allt.

När katten smög djupare in i den stora salen fångade dess skarpa blick en plötslig rörelse ur ögonvrån. Korridoren framför den sträckte sig ut som en oändlig gång fylld av mörker, med dörrar som öppnade sig mot outforskade djup. Katten stannade upp, lät blicken svepa över sin omgivning och tog ett djupt andetag innan den fortsatte framåt, redo för vad som än väntade i detta slott av skuggor och hemligheter.

Val:

Forsätt genom hallen.

Gå till sida 16

Gå tillbaka till utsidan.

Gå till sida 12

1b. Ascend the tower.

Katten befann sig längst ner i en smal spiraltrappa som slingrade sig tätt uppåt ett vakttorn. Stegen var slitna av osynliga tassar som passerat genom åren, och väggarna kändes så nära att det fick klättringen att kännas ännu trängre.

Kattens tassar rörde sig nästan ljudlöst när den klättrade uppför den vindlande trappan. Varje steg förde den längre bort från marken, tills vinden svepte kring dess morrhår, kittlande.

Försiktigt fortsatte katten sin vandring uppåt. Trappstegen verkade aldrig ta slut, de vred och vände sig högre och högre upp i tornet. Små fönster längs vägen erbjöd korta glimt av den månbelysta skogen därunder, försänkt i skuggor.

Till slut tog trappan slut, och katten trädde ut överst i tornet. Utsikten var bedövande: skogen sträckte sig som ett mörkt, levande hav, och stjärnorna ovanför liknade stirrande, lysande ögon.

Med svischande svans korsade katten tornets längd. Härifrån kunde den se miltals i varje riktning. Skogen nedanför låg som en tjock grön filt, medan en närliggande by glödde av varma ljus från stugornas fönster. Katten var inte ensam här uppe; en skrämmande staty stod som om den väntade på något, men den steniga figuren störde inte katten. Dess ansikte var förvridet i ett evigt grin, med stora huggtänder och stirrande ögon som verkade följa varje rörelse.

Trots nattens lugn kröp en känsla av oro längs kattens rygg. Något var fel.
När den vände sig om mot tornets inre, fångade dess ögon en flyktig rörelse. Något blekt och litet dök upp bland ruinerna, som...
Katten knep ihop ögonen och sträckte på halsen för en bättre blick. Det verkade vara... blommor?

Men vad gjorde de här, på gränsen till denna kusliga borgs marker?

Val: Hoppa ner till trädgården.
Gör ett lyckotest (7).

Om det lyckas, gå till sida 18.

Om det misslyckas, gå till sida 17.

Gå tillbaka ner för tornet på samma sätt som du kom. Gå till sida 12.

1c. Go through the sewers

De ädre katterna viskade hemligheter om slottet till katten: en bortglömd vattenkanal, inte till för den som lätt blir rädd. Kanalen, en smal, mörk passage, slingrade sig under slottets sönderfallande murar, där ljudet av droppande vatten ekade. Mossa kramade sig fast vid stenarna, och luften var fuktig och tung.

När katten närmade sig, kunde dess tassar känna de svala, hala kanalkanten. Vattnet, lika mörkt som en stjärnlös natt, flöt tyst därunder. Kattens ögon, vidöppna och lysande, sökte av mörkret.

Den visste att vägen framför var fylld av fara, men skälet till att katten var här drev den framåt.

Inne i kloaken bleknade ljuset från ingången snabbt och lämnade kvar endast ett svagt sken från kattens ögon som vägvisare. Kanalens väggar kändes täta, nästan kväfvande, men katten rörde sig med instinktiv smidighet, medan dess morrhår darrade vid minsta luftrörelse.

Vattnet var iskallt och trängde in i pälsen och frös ända in till benen, men den fortsatte envist, driven av behovet att avslöja mörkret som hotade skogen.

Ju längre katten färdades, desto bredare blev kanalen och avslöjade en korsning med flera passager. Varje passage försvann in i ett ännu djupare mörker.

Ljudet av droppande vatten svallade, nästan överväldigande, som om slottet själv grät.

Katten stannade, öronen spetsade vid ljud som verkade komma från alla håll. Nu stod den inför ett val: fortsätta rakt fram längs vattnets huvudflöde eller utforska den mindre, mer kusliga passagen.

Val:
Forsätt samma väg (Framåt).
Gå till sida 20.

Utforska de mindre passagerna..
Gå till sida 19.

2a. The Talking Hallway

Den motbjudande lukten växte sig starkare medan katten smög ner längs den korridoren. Vad kunde orsaka en så fruktansvärd stank? Kattens steg saktade ner, svansen darrade oroligt.

Driven av en märklig nyfikenhet fortsatte katten framåt. Viskningarna blev allt högre och ekade genom den dunkla korridoren. Röster mumlade bakom porträtten som prydde väggarna, och deras ögon verkade följa kattens minsta rörelse.

Deras ansiktsuttryck förändrades försiktigt, som om de vore levande tavlor.
En kall rysning löpte utmed kattens rygg, men nyfikenheten övervann rädslan.
Skuggor kastade av ljus dansade och vred sig, skapade kusliga former som lekte med dess sinne.

Ju längre katten kom i hallen, desto tydligare blev viskningarna. De berättade gamla historier om slottets hisotria och de tragiska händelser som lett till dess förfall. Plötsligt smälte viskningarna samman till en tydlig röst. "Akta dig för matsalen," varnade den. "Bloodsugaren lurar där, och väntar på den ovetande."

Kattens öron spetsades vid omnämnandet av en bloodsugare. Från skogsberättelser visste den att detta var en mörk varelse, en fruktad blodsdrickare. Ändå behövde den mer bevis, eller åtminstone en skymt av monstret. Den måste hitta matsalen. Korridoren vidgades till ett större rum med dubbeldörrar på glänt. Ett svagt ljus sken igenom, och stanken intensifierades och blandades med den mögellukt som gamla träytor utstrålade.

Kattens hjärta bultade när den närmade sig, på väg mot blodsugarens näste.

Val: Gå in i matsalen genom dörren i slutet av korridoren. *Gå till sida 21*

Inspektera salen innan du går in. *Gå till sida 22*

2b. Jump down to the garden.

Besluten att hitta en väg ner till trädgården sökte katten efter en säker passage medan doften av blommor växte sig starkare och lockade den framåt.

Utan förvarning slungades katten bakåt, som av en osynlig kraft. Omtumlad såg den tillbaka och fick syn på statyn, men den levde! Som den flinande och ondskefullt pötte katten över kanten, och den kraschande föll ner mot slottets marker.

Kattens pupiller vidgades av förvårning och rädsla. Den livliga omgivningen började snurra och förvrängas, och fick världen att verka snurra.

Liggandes vid tornets bas blev sanningen plågsamt tydlig: trädgården hade varit en bedräglig illusion, skapad för att locka de oförsiktiga till sin undergång. Eller var det så?

Kattens hänsynslösa nyfikenhet hade lockat den rakt in i en fälla. En känsla av trötthet spred sig i dess kropp medan den kämpade för att komma på fötter.

Dess kropp kändes tyngre för varje försök att resa sig, och paniken steg när synen började suddas ut och blekna.

I sina sista ögonblick av medvetande såg katten månen. Dess kalla, bleka ljus tycktes håna kattens öde fullständig känslokall.

Den utvalde har gått förlorad...
Gå till sida 40.

2c. Garden of Illusion

Kattens morrhår darrade av nyfikenhet när den kolllade ner från tornet. De dansande formerna i ruinerna nedanför var blommor, vars ömtåliga kronblad vajade i en vind som katten inte kunde känna.

Med ett elegant hopp inledde den sin nedstigning genom det gamla tornet.

Väl nere rörde kattens tassar vid den svala, fuktiga jorden. Trädgårdenbredde ut sig framför den, en labyrint av övervuxna häckar och sönderfallande stenvägar. Men något var annorlunda. Blommorna tycktes flimra och skifta, aldrig riktigt fastna i en form eller färg.

Katten traskade framåt, svansen högt och alert. En fläck med prästkragar förvandlades plötsligt till en grupp orkidéer, sedan till en rosbuske. Trädgården levde med illusion, en magisk fälla skapad för att förvirra och desorientera.

En mjuk röst viskade i vinden: "För att finna det verkliga, måste du tro på det som inte kan ses."

Val: Hur kommer katten att navigera i trädgården?
Gör ett perecption prov på (6).

Om du litar på dina ögon (misslyckas):
Gå till sida 31
Katten bestämmer sig för att navigera i trädgården genom att följa den vackraste och mest inbjudande stigen den kan se.

Om du litar på din näsa (lyckas):
Gå till sida 24
Genom att ignorera de visuella illusionerna väljer katten att följa sitt luktsinne istället.

2d. The Glowing-Eyed Rat

"Råttor, råttor, vi är råttorna," ekade genom avloppssystemen och sände en rysning utmed kattens rygg. En råtta med lysande ögon trädde fram ur skuggorna, pälsen våt och klorna vassa.

"Hej... Råttan, vet du vägen här nere?" frågade katten och gjorde sitt bästa för att dölja sin förvåning bakom ett leende.

"Ja, ja, vi vet vägen, ja, ja," svarade råttan med en röst fylld av skälmskhet. "Jag kan visa dig, en snabb, säker väg genom avloppet. Ja, ja?"

Katten, alltid nyfiken och modig, lockades av erbjudandet. "Mycket väl," sade katten, rösten lugn trots faran. "Jag accepterar din hjälp, Råtta." Råttans ögon stirrade i kattens när den närmade sig. "Låt mig guida dig genom dessa förrädiska passager.

Katten följde råttan genom avloppssystemen, deras steg ekade mot de fuktiga stengolven. Råttan ledde med självsäkerhet, ögonen lyste med ett spöklikt sken.Kattens morrhår darrade oroligt, och den visste att den måste fortsätta med försiktighet. Råttans beteende kattens sinnen vassa, och den förblev vaksam, redo att möta vilka utmaningar som än väntade.

Snart anlände duon till en dörr prydd med virvlande symboler som pulserade av energi. Katten kände nästan igen tecknen. "Säg, Säg, skynda," lät en pipig röst, och distraherade katten.

Symbolen på dörren liknade något mellan ett öga och en sol.

Hur skulle de ta sig in?

Val: Försök att öppna dörren med hjälp av magi. Gå till sida 25

Prata med råttan lite mer. Karisma-kontroll av (6) eller högre. Gå till sida 26

2e. The Ancient Map

Kattens beslut att träda in i en av de smalare sidopassagerna drevs av nyfikenhet. Passagen var trång och tvingade katten att röra sig med försiktig smidighet.

Luften blev svalare, och ekot av dess egna rörelser studsade mot väggarna med en märklig tydlighet. Ett svagt sken, kanske från lysande mossa eller ett avlägset mån reflekterat sken, gav precis tillräckligt med belysning för att navigera genom det allt mer komplexa kloakerna.

När katten trängde framåt öppnades tunneln plötsligt till ett litet rum. Dess väggar var fuktiga och täckta med en hinna av fukt som fick dem att glänsa i det dunkla ljuset. Det var något annorlunda med detta rum, som om stenarna själva höll andan och viskade hemligheter in i den stillastående luften.

På en av väggarna lade katten märke till något ovanligt. Det var inte en vanlig sten här fanns en avsiktlig ristning. När den närmade sig blev detaljerna tydligare: det var en karta. Grovt huggen i stenen sträckte sig en karta, med linjer som korsade och skilde sig åt som trådarna i ett spindelnät. Symboler, möjligen för att ange landmärken eller faror, var utspridda längs vägarna. De verkade dansa i det flämtande ljuset, som om de vore levande.

Katten studerade kartan intensivt, ögonen spårade vägarna som ledde djupare in i slottet. Symbolerna var kryptiska - trianglar, cirklar och andra geometriska former - var och en en ledtråd till att navigera genom avloppen eller en varning för farorna som väntade.

Medan den grublade över sina nästa drag föll en vattendroppe från taket och fördunklade en del av kartan med en våt fläck.

Kattens blick följde vattnets väg och observerade att vissa rutter på kartan ledde till områden markerade med en symbol som liknade en sol... eller var det ett öga?

Val: Ett annat djur dyker upp i mörkret. Gå till sida 19

Försök att följa kartan så noga som möjligt. Gå till sida 23

3a. Varelser i matsalen

Katten öppnade försiktigt dörren med sin tass och smög genom den trånga öppningen. Rummet var stort, med ett högt tak som försvann i skuggorna.

Ett långt, dammigt bord sträckte sig framför katten, prytt med slitna bestick av guld och rester av vad som en gång kunde ha varit en storslagen fest. I den bortre änden av bordet, under en stor kristallkrona, satt en figur svept i mörker. Blodsdrickaren. Varelsen var orörlig, med blek hy som glimmade i det svaga ljuset. Dess glänsande ögon var fast riktade mot katten, som om den hade väntat på detta besök. Kattens päls reste sig, men den vek inte undan. En urgammal makt strålade från bloodsugaren, en känsla av hot.

Men Blodsdrickaren var inte ensam. När kattens ögon vänjde sig vid mörkret, upptäckte den mindre figurer som lurade i skuggorna. Varelser som liknande blooddrickaren men inte lika farlig. Dess följeslagare rörde sig tyst, med ögon som glödde som kol. Blooddrickaren rörde sig lätt, vilket fick en rysning att gå längs kattens rygg. Nu var det dags att agera.

Med en smidig rörelse hoppade katten mot repet som hängde i luften. Den klättrade upp på kristallkronan, med vaksamma ögon på Nosferatu och vampyrföljeslagarna, som betraktade men inte rörde sig, som om de var nyfikna på intrångarens nästa drag.

Katten nådde kristallkronans bas och började klättra. Repet sträcktes under kronans vikt.

Vampyren reste sig slutligen, och vampyrföljeslagarna började röra sig, deras rörelser långsamma men djurlika. Kattens hjärta bultade medan den skar repet, varje hugg förde den närmare sitt mål.

En av vampyrföljeslagarna kastade sig mot katten. Katten skar repet med förnyad brådska, medveten om att den snabbt måste agera för att undvika att bli fångad.

Val: Hur kommer katten att förstöra repet?
Gör ett stamina prov på (5).

Om du misslyckas: Gå till sida 26
Kattens styrka sviktar när den desperat försöker skära genom repet.

Om du lyckas: Gå till sida 18
Med en våg av ny energi klipper katten av repet, vilket får ljuskronan att rasa ner.

3b. Vad finns I matsalen?

Katten stelnade till, sinnena på helspänn när den upptäckte en svag rörelse längre bort. Den hukade sig lågt, pälsen smälte samman med skuggorna, och började smyga framåt med största försiktighet, tassarna ljudlösa mot det kalla stengolvet.

Ju närmare den kom, desto bättre anpassades kattens ögon till det dunkla ljuset. Den såg en figur träda fram ur mörkret - en tjänare, klädd i trasiga kläder, med ett härjat ansikte och sjunkna ögon. Tjänarens blick vandrade sävligt runt rummet, utan att fästa sig vid något särskilt.

Med långsamma och avsiktliga rörelser fortsatte katten framåt, en skugga bland skuggorna, medan ingången till matsalen tornade upp sig framför den. De en gång storslagna borden var nu täckta av damm, rester av en glömd tid.

Luften var tung av blodets doft, och kattens morrhår darrade vid det avslöjande tecknet på varelsens närvaro. Med smygande rörelser rörde sig katten med jägarens grace och tystnad, ögonen nu helt anpassade till det svaga ljuset och scannade rummet efter tecken på sitt byte.

Val: Hur kommer katten att närma sig matsalen?
Stealth prov på (6).

Om du rör dig osedd (lyckas): Gå till sida 29 Katten smyger in i matsalen, dess rörelser tysta och precisa, och undviker de vaksamma ögonen från varelserna där inne.

Om du blir sedd (misslyckas): Gå till sida 40 Trots sina bästa ansträngningar blir katten upptäckt. Varelserna i skuggorna hoppar på inträngaren.

3e. Labyrint i mörker

Det ekade genom tunneln, som om det var en bön till de dolda väggarna och den tysta jorden. Katten stannade för en kort stund, lyssnade på det avlägsna ljudet av sitt eget hjärta som slog hårt i bröstet. Den insåg att den inte bara var en jägare av skuggor, utan också en del av något större, en del av en värld som sträckte sig bortom dessa kalla stenar och trånga korridorer, detta var dess hopp.

Med en beslutsamhet som övervann rädslan började katten att röra sig framåt igen. Den fortsatte att följa de intrikata mönstren på väggarna, som om de visade vägen mot ett svar, en väg ut. Varje steg var noggrant, varje rörelse beräknad, med öronen spetsade för att fånga upp det minsta ljudet av fara.

Katten kom till en av de större öppningarna i tunneln, där taket sviktade och stenarna var klädda med glittrande mineraler som fångade det svaga ljuset. Här kändes en förändring i luften, en svag bris som bar med sig doften av fuktig jord och något annat, något mer livfullt. Det var en påminnelse om livet som fortfarande fanns där ute, bortom dessa mörka gallerier.

Det var då katten hörde det. Ett svagt, melodiskt ljud som liknade ett rop på hjälp. Hjärtat hoppade till, och den kände en ny våg av mod strömma genom sig. Kanske fanns det andra som också var fångade här, andra som behövde hjälp. Det var inte bara en fråga om att överleva längre; det handlade om att återförenas med de som saknades.

Med nyfikenhet och beslutsamhet i blicken följde katten ljudet, som ledde den djupare in i labyrinten. Ju närmare den kom, desto starkare blev känslan av att något betydelsefullt väntade. Korridorerna verkade nu vara en del av en större plan, en plats för möten och hemligheter som hade legat dolda under århundraden.

Den utvalde har gått förlorad...

Gå till sida 40.

3c. Illusionen är borta

Kattens tassar ledde den djupare in i trädgårdens illusionfyllda hjärta.

De skimrande miragerna av vackra blommor vek undan för kusliga visioner: blommor med tänder, rankor som sträckte ut gripande trådar och skuggor som rörde sig mot det dunkla ljuset. Men katten, van vid trädgårdens list, fokuserade på vad den kunde lukta och känna, snarare än vad dess ögon berättade.

Framför den tornade en väderbiteн stenstaty, dess drag utslätade av tiden. Till skillnad från de föränderliga illusions runt omkring förblev statyn oföränderlig. Katten kretsar den varligt, morrhåren nuddar vid den kalla stenen. Vid basen fångade knappt synliga ristningar dess uppmärksamhet. Lutande sig närmare tydde katten de svaga orden: "Sanningen ligger i skuggorna, lögnerna i ljuset."

Genom att följa de mörka fläckar som månen skapade började katten urskilja en sann väg genom illusion. Växter som tycktes livliga vissnade i skuggorna och avslöjade sin förruttnade natur.

En kall vind susade genom trädgården och bar med sig en doft som fick kattens päls att resa sig, en lukt av ålder, av slut, av evighet. Stigen smalnade, slingrade mellan knotiga träd vars grenar verkade räcka ut som klolika händer. Katten ducka och vek, dess smidiga kropp glidande genom springor för små för större djur.

När katten rundade en sista krök öppnade sig trädgården i en liten glänta. Illusion var helt borta och avslöjade den sanna kärnan i denna förbannade plats. Och där, i centrum, stod något som fick kattens hjärta att slå med en blandning av skräck och triumf.

Vad ligger i mitten av trädgården?

Gå till sida 38.

3f. Den Magiska Dörren

Katten stirrade på märket på dörren, pälsen darrade av tankar. Symbolen, mellan ögats och solens former, pulserade med en mystisk energi, som ett hjärtslag som ekade genom den tysta, fuktiga kloaken. Råttan, med lysande ögon fästa vid katten, pipade otåligt.

"Skynda dig, skynda dig! Säg ordet, säg ditt ord fort!" manade råttan på, med en röst som blandade upphetsning och rädsla.

Kattens morrhår darrade när den studerade symbolen. Det var ett prov, ett pussel skapat av den urgamla magin som vaktade slottets innersta hemligheter. Luften omkring dem kändes tyngre, laddad med arkaisk kraft, väntande på den rätta besvärjelsen eller gesten.

Med tillit till sina instinkter lyfte katten en tass mot symbolen och talade med en klar, resonerande röst: "Jag ser dig, väktare i mörkret, beskyddare vid dagens slut. Jag kallar dig… Förmörkelse."

Ett dånande ekade genom avloppet när symbolerna på dörren började röra sig och virvla, skapande nya mönster som dansade och flätades samman. Energin i luften blev allt starkare, de arkaiska sigillen lyste allt mer intensivt för varje sekund.

Katten höll andan och betraktade den magi som utspelade sig. Dörren skakade, och sedan, med ett ljud som åska, föll symbolerna på plats.

Val: Kommer dörren att öppnas?

Intelligenskontroll: Om din intelligens är över 6, lyckas du.

Dörren öppnas.
Om du lyckas, gå till sida 27.

Vad händer med dörren?!
Om du misslyckas, gå till sida 28.

3g. Den Kloka Råttan

Råttan ledde vägen genom avloppslabyrinten, med sina lysande ögon som kastade kusliga skuggor på de fuktiga väggarna. Katten följde tätt efter, med tankarna snurrande kring det som väntade dem. De kom fram till en tung dörr prydd med samma mystiska symboler.

Katten studerade råttan och märkte oron i dess darrande morrhår. "Du verkar veta mycket om den här platsen," sa katten med en lätt men frågande ton. "Kan du inte hjälpa till och öppna den här dörren?"

Råttans ögon gled hastigt omkring, kroppen stel av nervositet. "Jag... jag kan försöka," stammade den. "Men magin här är gammal, väldigt gammal och mycket stark. Jag är inte säker..."

"Ett djur med dina... unika talanger borde väl klara av en enkel dörr?" avbröt katten mjukt och övertygande, med en underton av hot.

Under pressen nickade råttan långsamt. "Ja, ja, jag kan. Men var beredd, det kan bli lite... knepigt," varnade den och närmade sig dörren.

Råttan lyfte sina tassar, och symbolerna började lysa i takt med dess närvaro. Den sjöng en pipig, rytmisk melodi, och luften runt dörren skimrade av magisk energi.

Katten betraktade noga, redo att agera om det behövdes.

Efter ett spänt ögonblick knarrade och stönade dörren, innan den svängde upp med ett dovt muller och avslöjade ett mörkt, rymligt rum fyllt med märkliga artefakter och fler glödande symboler.

"Bra jobbat," sa katten och väntade på att råttan skulle gå först. "Låt oss se vad som döljer sig där inne, min vän."

Inne i rummet anpassade kattens ögon sig snabbt till det svaga ljuset. Rummet var fyllt med mystiska föremål: kristallkulor, dammiga böcker och underliga apparater som surrade och mullrade av latent kraft.

I den bortre delen av rummet fångade en stor glasburk fylld med en nattsvart vätska kattens uppmärksamhet.

Översättning: Vad finns inuti?

Gå till sida 37.

3.1a Den Magiska Dörren Öppnas

När dörren öppnades klev katten försiktigt in i det nyupptäckta rummet, ögonen anpassade sig snabbt till det svaga ljuset. Råttan, med sina fortfarande svagt glödande ögon, skyndade framåt med svansen högt lyft.

"Kom, kom! Slottets hjärta väntar," pipde den och for iväg nedför korridoren med förvånansvärd hastighet.

Katten följde med ett smidigt hopp, sinnena alerta för eventuell fara. Väggarna var prydda med intrikata runor som pulserade med ett mjukt ljus och belyste vägen.

Ju längre de trängde in, desto mer fylldes luften av avlägsna ljud och det mjuka viskandet av sidor som vändes.

"Vad är det?" frågade katten med låg röst.

"Hjärtat, kärnan," svarade råttan utan att sakta ner.

De kom in i ett stort rum med en kuslig piedestal i mitten. På piedestalen stod ett kärl som skimrade med en kuslig, nattsvart vätska som dansade och virvlade mystiskt, sjärnor kunde ses i vätskan. Underliga skulpturer och lyktor runt om i rummet kastade långa, förvridna skuggor på väggarna.

I bortre delen av rummet fångade en stor kristallvas kattens uppmärksamhet, fylld med samma nattsvarta vätska.

Undrar du vad som finns inuti?

Gå till sida 37.

3.1b. Fel Val

Bedövade av den magiska kraftens explosiva verkan låg katten och råttan bland spillrorna, deras pälsar svedda och öronen ringande. Dörren var stängd, och dess mystiska symboler lyste nu i ett hotfullt rött sken.

"Vi gjorde... ett misstag," mumlade råttan och skakade av sig damm och grus.

Men någon ånger fick vänta. Medan de betraktade dörren började symbolerna pulsera snabbare och snabbare. Det röda ljuset förvandlades till en bländande vit glöd. Luften cracklade av magisk energi, ett klart tecken på att något ännu mer skrämmande var på väg.

Katten, vars instinkter skrek "Fara!", försökte resa sig upp. "Vi måste komma härifrån," viskade den hest, men orden hann nästan inte lämna dess mun innan en enorm blixt exploderade från dörren.

Råttan skrek av skräck, men det var för sent. Blixten svepte genom det trånga rummet, ett dödligt nät av elektrisk energi som lämnade inget hörn orört.

Kattens ögon vidgades av chock när blixten träffade den rakt i bröstet, magins kraft fullständig och oövervinnelig.

På ett ögonblick slukades den av det bländande ljuset, och doften av bränd päls spred sig i rummet. Den mäktiga urladdningen lämnade inget efter sig förutom svarta, förkolnade stenar och det svaga ekot av deras sista ögonblick.

Dörren, nu tyst, fortsatte att pulsera svagt - en dyster väktare av de hemligheter den var avsedd att skydda.

Den utvalde har gått förlorad...

Gå till sida 40.

4b. Konfrontera Blodsugaren

Med varje uns av styrka och smidighet höll katten sig fast vid kronan, medan klorna arbetade intensivt för att kapa det slitna repet. Vampyrynglet närmade sig långsamt, med betarna blottade i förväntan på den kommande måltiden. Bloddrickaren betraktade med ett iskallt, beräknande hat och njöt av den lilla inkräktarens plåga.

Kattens klor klippte äntligen av de sista repträdarna. Kronan, befriad från sitt svaga fäste, började sjunka. Katten hoppade undan i sista stund och landade elegant på bordet. Den tunga kronan störtade ner med ett öronbedövande dån, dess taggiga stomme genomborrade Bloddrickaren som fortfarande satt kvar vid bordet.

De tunga gardinerna föll undan när kronan slog i, och solens strålar forsade in genom de höga fönstren. Solljuset träffade Nosferatun och dess yngel - deras bleka hud brann och rök vid kontakten. Bloodsugaren lät ifrån sig ett fasansfullt skrik, kroppen vred sig när dagsljuset förbrände den.

Vampyrynglet vred sig och föll sönder, deras former förvandlades till svart aska i de gyllene strålarna. Katten betraktade hur solljuset utförde sitt värv och reducerade den en gång så fruktansvärda Bloodsugaren till en hög av svart aska likaså. Rummet, nu upplyst av det klara morgonsolljuset, verkade mindre hotfullt , mörkret drevs på flykt av ljuset.

Andfådd men triumferande blickade katten ut över scenen. Den hade gjort det rätta, skyddat skogen och dess invånare från den onda varelse som hade hukat i slottet.

Med en sista blick på askhögen vände katten sig om och vandrade tillbaka genom korridoren, ivrig att återvända till Whiskerwood.

Den sista piken.

Gå till sida 33.

4d. Fly! Fly! Fly!

Genom en springa i dörren såg katten något som fick dess päls att resa sig. Rummet var inbäddat i mörker, med bara några svagt lysande ljus som kastade ett darrande sken. I mitten av rummet satt en figur på en tronliknande stol, vars närvaro fyllde rummet med en obehaglig känsla. Katten kände hur hjärtat hoppade till när den insåg, här fanns en blodtörstig varelse. Den bleka huden verkade nästan genomskinlig, och de mörka ögonen brann av en evig hunger.

Kattens blick svepte runt rummet, och detaljerna bekräftade dess värsta farhågor. Bägare med röd vätska stod på ett bord i närheten, och innehållet glittrade i det svaga ljuset. Väggarna, som en gång varit hela och fulla av konst, var nu täckta av skuggor som dansade och förändrades, som om rummet självt var levande.

Vampyren rörde sig, och katten stelnade. Den insåg att den hade smugit sig för djupt in i fiendens revir. Med tysta och snabba rörelser började den backa, blicken fastklistrad vid vampyren. Den tog sig tillbaka mot sin tidigare gömma, där pälsen smälte in i skuggorna.

Katten stod stilla och väntade tills faran verkat ha passerat. Sedan sköt den iväg med en fart som var oväntad, snabb som en gepard. Den rusade genom slottet, tassarna förde den snabbt över de kalla stengolven.

Nära utgången kände katten skogens famn som väntade bortom murarna. Luften blev klarare, fylld av doften av tall och jord, en skarp kontrast mot vampyrens instängda och kvav atmosfär.

Med ett sista kraftfullt skutt for katten genom den knarrande dörren och in i skogens välkomnande mörker.

Spring hem! Snabbt!

Gå till sida 34.

4e. Fångad i Trädgården

Katten, förtrollad av skönheten runt omkring sig, valde att följa den mest lockande stigen. Fylliga, levande blommor nickade med sina huvuden i en obefintlig vind, färgerna nästan för intensiva för att vara verkliga. Luften var fylld av en sjukligt söt doft som fick kattens huvud att snurra.

Medan den tassade fram verkade trädgården bli mer förtrollande för varje steg. Glittrande fjärilar dansade precis utom räckhåll, och den mjuka jorden under tassarna kändes som att gå på moln. Kattens uppdrag bleknade sakta bort, ersatt av en överväldigande känsla av lugn och tillfredsställelse.

Den märkte inte hur stigen bakom den försvann, långsamt ersattes av en ogenomtränglig vägg av taggiga rankor. Blommorna växte sig större, deras kronblad vecklade ut sig och avslöjade tandliknande blad drypande av ett glittrande ämne, definitivt något farligt. Katten fortsatte ändå, omedveten om faran.

En särskilt vacker ros fångade dess blick. Lika stor som katten själv, dess kronblad skimrade i regnbågens alla färger. Oförmögen att motstå lutade sig katten fram för att lukta på den magnifika blomman.

I ett ögonblick krossades illusionen. "Gift!" hann katten ropa innan rösten blev raspig och den började hosta. Katten föll till marken och andades tungt. Runt om avslöjades trädgårdens sanna natur. Den vackra stigen var ingenting mer än en fälla designad att locka oskyldiga offer.

Medan livet långsamt rann ur katten var dess sista tanke på skogen och uppdraget den misslyckats med. Trädgårdens illusioner hade krävt ännu ett offer, och kattens uppdrag tog slut innan det var färdigt.

Katten ligger besegrad.

Gå till sida 40.

Slut 1. Blodsugaren är Besegrad

Ur de dunkla korridorerna steg den ut i skogen, där solens varma strålar omslöt pälsen och skapade en skarp kontrast mot slottets kalla skuggor. Vägen tillbaka till gläntan verkade ta ingen tid alls, och katten rörde sig med en nyfunnen beslutsamhet, hjärtat lätt av segerns vetskap.

Vid Rådets marker hade skogens invånare samlats, deras ansikten präglade av oro men fyllda av hopp vid synen av katten. Den äldsta katten, en gråmustad Maine Coon med visdomens tyngd, steg fram och mötte kattens blick. "Du har återvänt," sade han med en röst som bar på både lättnad och stolthet. "Berätta, vad har du upptäckt?"

Katten delade sin berättelse om den farofyllda resan genom slottet, om de kusliga viskningarna och de lurande skuggorna som hotade att sluka allt i sin väg. Djuren lyssnade med stigande spänning, deras ögon vidgades i förundran när katten beskrev sitt möte med blodtörstaren. När katten berättade om kronans fall och hur solljuset hade skingrat mörkret, hördes en gemensam suck av lättnad från folkmassan.

"Vi är säkra igen," förklarade Maine Coonen, hans röst darrade av känslor. "Tack vare din tapperhet är mörkret borta."

Katten kände en varm glädje sprida sig genom bröstet. Den hade gjort sin del för att skydda sitt hem, och skogsvarelsernas tacksamhet var en belöning som överträffade allt. Med ett nöjt jamande slog sig katten ned bland sina vänner, medan solen sjönk under horisonten och kastade ett gyllene sken över gläntan.

Den natten fylldes skogen av firande. Fåglar sjöng glädjesånger, ekorrar dansade från gren till gren, och till och med Grävlingen, känd för sin sura min, deltog i festligheterna. Katten betraktade med ett leende hur skogen läktes under de kommande dagarna. Livfulla blommor och frodiga löv återvände, och en mörk slöja lyftes från landet.

Slottet, som en gång varit en symbol för fruktan, stod nu tyst och tomt. Katten, nu hyllad som en hjälte, fortsatte att utforska skogen, ständigt vaksam och redo att skydda sitt hem.

Även om katten visste att andra faror kunde komma, kände sig katten trygg i vetskapen om att mod och vänskap var nog för att möta vilken utmaning som helst. Med sitt hjärta fyllt av hopp och styrka vandrade katten vidare, alltid redo för nästa äventyr.

Slut.

Slut 2. Jag skulle hellre gå hem än inte alls!

Efter att ha samlat tillräckligt med bevis för att ta sig igenom det övergivna slottet, återvände katten till sin gamla gömma. När den kände sig lite tryggare, satte den fart, ivrig att lämna slottet så snabbt som möjligt.

När katten väl kom ut, andades den ut en lättnadens suck. Solen hade gått ner, och skogen välkomnade den med en mild bris och ljudet av prasslande löv. Tassarna förde den snabbt genom de bekanta omgivningarna, och snart nådde den gläntan där äventyret hade börjat.

Skogens invånare kände av kattens återkomst. De samlades återigen och väntade nyfiket medan katten började berätta om sitt äventyr.

"Det finns något ont i slottet," inledde katten med en darrande och utmattad röst. "En varelse av mörker, blodtörstig och skrämmande. Jag såg den med egna ögon, sittande på en tron, omgiven av bägare med röd vätska. Dess närvaro var ond, så fruktansvärt ond..."

Skogens invånare lyssnade tyst, deras ansikten präglade av oro. De förstod att katten hade upptäckt ett allvarligt hot, och vikten av den insikten vilade tungt på deras små axlar. Men katten, som hade konfronterat sina rädslor, kände en stark känsla av mening och beslutsamhet.

När uppdraget var slutfört, slog sig katten ner bland sina vänner, nöjd med att ha gjort sin del för att skydda skogen, åtminstone för nu. Dagen var stilla, men varelserna visste att den fred de njöt av var skör. Med en sista blick mot slottets håll stängde katten sina ögon och drömde om framtiden, redo för nästa uppdrag.

Slut.

Slut 3. Kalatory

Katten närmade sig piedestalen, nyfiken på den mystiska vätskan från behållaren. "Vilken märklig sak," mumlade den, och pälsen reste sig när den hoppade upp för att få en närmare titt. Behållaren, fylld med en virvlande, nattsvart vätska, verkade pulsera av liv.

Osäkert rörde katten vid behållaren, som plötsligt började gunga och till slut välte med ett hotfullt mullrande. Den krossades mot golvet och spred kristallskärvor och den mörka vätskan spreds över stengolvet.

Kaos utbröt genast i slottet. Omänskliga skrik ekade från våningarna ovanför, blandat med frenetiska fotsteg. Mörka gestalter rusade förbi, deras skuggor dansade i det flämtande ljuset. Och lika snabbt som tumultet började, föll en tung tystnad.

När katten tassade genom de nu stillsamma korridorerna, lade den märke till svarta dammfläckar spridda överallt. Den tryckande stämningen hade lättat; luften kändes fräschare, mer... luftig.

Med ett lätt, glatt hopp lämnade katten slottet, med svansen högt lyft. Färden tillbaka till gläntan var lugn, men skogen kändes levande igen, löven prasslade klarare och fåglarna kvittrade för att hälsa på katten när den kom tillbaka.

I gläntan samlades skogens varelser ivrigt. Katten berättade om sitt äventyr och hur den mörka dimman hade försvunnit, medan det svarta dammet markerade slutet på skogens plåga. Djuren jublade, deras humör lyftes. När månen steg högt och elden falnade till glödande kol, lade sig katten tillbaka, nöjd, och mumlade: "Vad kommer hända härnäst?"

Slut.

Slut 5. Dödsrosen

I slottsträdgården, där katten hade trätt in, var kontrasten mot den förföriska skönheten påtaglig. Här rådde verkligheten, och den var dyster. Marken var bar och sprucken, med en sjuklig dimma som slingrade sig runt stubbarna av döda träd och vissna växter sedan länge.

I centrum av detta ödsliga rum stod en ensam blomma, en ros. Men detta var ingen vanlig ros. Deras kronblad verkade absorbera månskenet snarare än att reflektera det, vilket skapade en aura av mörker omkring dem. Doften som hade dragit katten hit strömmade kraftigt från dessa blommor, en doft av evig död. En lukt som var svår att beskriva, en blandning av förruttnelse och tidlöshet, av slut och evighet. Kattens morrhår darrade, och svansen puffade ofrivilligt upp.

Försiktigt närmade sig katten blomman. Varje instinkt skrek av fara, men den visste att detta var det den hade kommit för att hitta. Blomman, med sin berusande och skrämmande doft, bar på makten att döda det som redan var dött. Katten bet försiktigt av en av de mörka blommorna med sina tänder. I samma ögonblick som stammen brast, skakade hela trädgården. Illusionerna bortom detta utrymme flimrade och försvann, och lämnade endast en förfallen, hemsökt plats.

Ett lågt, klagande tjut verkade stiga från själva marken, som om jorden sörjde förlusten av blomman. Katten kände en kall rysning längs ryggraden, medveten om att den hade tagit något som aldrig var menat att lämna denna förbannade trädgård. Med det värdefulla priset varsamt mellan tänderna vände katten sig om för att gå. Smaken var bitter och metallisk, som torkat blod. Den hade funnit det den sökt, men den verkliga utmaningen låg framför den. Nu måste den ta sig ut ur slottsområdet och tillbaka till skogen med denna dödliga blomma, en blomma som luktade av evig död och hade makten att döda vad som redan var dött.

När katten tassade iväg kunde den inte skaka av sig känslan av ögon som iakttog den från varje skugga. Trädgården hade givit upp sin skatt, men den skulle inte låta tjuven fly lätt. Med beslutsamhet i hjärtat och den dödliga blomman i munnen inledde katten sin farliga resa tillbaka till skogens djup, med något som var både en fara och en räddning för hela skogen.

Slut.

Slut 0. Död

Din resa har kommit till ett abrupt slut.

Mörkrets kalla armar sträcker sig ut och börjar långsamt stryka din äventyrliga själ. När skuggorna sveper in omkring dig fångar du en sista blick på månen, ett blekt och likgiltigt vittne till ditt tragiska öde. Trots din nyfikenhet och ditt mod kommer slottets hemligheter förbli oupptäckta… för nu.

Det blodiga slottets mysterier ger sig inte så lätt till känna för den som är oförberedd. Kanske bedömde du situationen fel, eller tappade koncentrationen i ett avgörande ögonblick. Eller så har osynliga krafter hela tiden konspirerat emot dig och lockat dig in i en dödlig fälla. Oavsett hur du stötte på ditt slut finns det en sanning: vägen du valde var för farlig att övervinna.

Men tappa inte modet, du modiga utvalde! Även om just denna berättelse har nått sitt slut, så finns det alltid fler historier som väntar på att bli berättade. Andra vägar är fortfarande outforskade, fyllda av både fantastiska och skrämmande möjligheter. Kommer du att ha modet att möta dem?

Döden är aldrig riktigt slutet i dessa mytiska och magiska landskap. Ta en paus och läk dina sår. Skärp ditt sinne och stärk dina nerver. När du sedan är utvilad och redo kommer vägen åter stå öppen för dig att återvända och utmana mörkret än en gång.

Skogen döljer fler äventyr för en påhittig och modig själ som du. Avslöja nya hemligheter, möt skrämmande faror och smid allianser med osannolika vänner. Kanske snubblar du till och med över trådarna som slutligen kommer att nysta upp slottets mörka hemligheter.

Valet är ditt, vän. Kommer du att svara på kallelsen att ge dig ut igen, eller kommer skuggorna att förbli ostörda med sina djupa hemligheter? Natten är ung, och månen väntar på ditt svar... Är du redo att försöka igen?

Ädla Äventyrare,

Vi vill verkligen tacka er för att ni har gett er ut på denna spännande resa genom slottets dunkla korridorer, ledda av vår hjälte. Ert mod och er list i kampen mot vampyrens oheliga hot har gjort ett starkt intryck.

Att skapa detta äventyr har varit en kärleksfull process, inspirerad av fantasy och tidlösa legender. Jag känner mig hedrad över att få dela detta mörka äventyr med er och hoppas att det har gett er lika mycket spänning och glädje som det har väckt i våra egna fantasier.

Störst av allt vill vi rikta ett varmt tack till er, spelarna. Er entusiasm för äventyr och er passion för spel är det som driver oss att skapa och inspirera.

Må era uppdrag alltid vara fyllda med spänning, era strategier kloka och era segrar söta.

Må ondskans skuggor alltid vika för ljuset från era ädla färder.

Copyright
Upphovsrättsmeddelande

ISBN: 978-91-531-2994-3

För tillstånd, vänligen kontakta:
Hampus Blom
hampeman@hotmail.se

Ansvarsfriskrivning:
Denna bok är ett fiktivt verk. Alla karaktärer, händelser eller incidenter som skildras i denna bok är antingen produkter av författarens fantasi eller används fiktivt.

All likhet med verkliga personer, levande eller döda, eller verkliga händelser är helt tillfällig.

De åsikter och synpunkter som uttrycks i denna bok är författarens och speglar inte nödvändigtvis åsikter eller synpunkter från några nämnda eller antydda enheter.

Författaren och förläggaren tar inget ansvar för eventuella konsekvenser som uppstår från användningen av information eller idéer som finns häri.
Delar av verket har skapats med eller med hjälp av AI.

Varumärkesmeddelande:
Alla varumärken, servicemärken och handelsnamn som nämns i denna bok tillhör respektive ägare och används endast i syfte av fiktiv representation.

Ansvarsfriskrivning:
Även om alla ansträngningar har gjorts för att säkerställa innehållets korrekthet, tar författaren och förläggaren inget ansvar för fel eller utelämnanden, eller för eventuella konsekvenser som uppstår från användningen av informationen som tillhandahålls i denna bok.

Din berättelse slutar här
men ditt äventyr har precis börjat.

www.ingramcontent.com/pod-product-compliance
Lightning Source LLC
LaVergne TN
LVHW052108160826
845678LV00015B/3428

* 9 7 8 9 1 5 3 1 2 9 9 4 3 *